Disney
Bambi

Tôt un matin de printemps, la tranquillité de la forêt est troublée par des *pan-pan-pan* incessants.

C'est Pan-Pan le lapin qui tape
bruyamment sur un tronc d'arbre.

«Réveillez-vous!
Réveillez-vous!» crie
Pan-Pan. «Le nouveau
prince de la forêt
est né!»

Les animaux suivent Pan-Pan jusqu'à un fourré où une biche et son faon sont blottis l'un contre l'autre.

«Félicitations!» dit le hibou à la maman biche. «C'est aujourd'hui un jour très spécial!»

La maman biche donne un petit coup de
museau à son petit. «Réveille-toi», dit-elle.
«Voici tes nouveaux amis!» Le faon essaie
de se tenir sur ses nouvelles pattes.

«Regardez, il se lève!» s'écrie Pan-Pan en bondissant tout près pour l'observer. «Encore un peu chancelant, n'est-ce pas?» dit-il.

En peu de temps, le faon est debout sur ses quatre pattes. Il regarde entre ses pattes pour voir Pan-Pan.

«Comment allez-vous l'appeler?» demande Pan-Pan.

«Je vais l'appeler Bambi», répond la biche. Bambi semble aimer son nom.

Bambi et Pan-Pan deviennent bientôt les meilleurs amis. Chaque jour, Pan-Pan apprend à Bambi quelque chose de nouveau sur la forêt.

«Voici des oiseaux», dit Pan-Pan à Bambi un jour. «Dis *oiseau*.»

«*Oua-oua-**OISEAU!***» crie Bambi, ce qui effraie
et fait s'enfuir les petites créatures de la forêt.

«Ça y est!» s'esclaffe Pan-Pan. «Tu peux parler!»
Bambi est si fier de lui qu'il veut essayer à
nouveau.

«Voici un papillon!» explique Pan-Pan.

«Et ces jolies choses sont des fleurs.»

C'est alors qu'un petit visage noir et blanc jaillit au milieu des fleurs. «Fleur», dit Bambi.

Pan-Pan éclate de rire. «Ce n'est pas une fleur!»

«Il peut m'appeler Fleur s'il le veut», dit la mouffette. «Ça ne me dérange pas.»

Bientôt le printemps fait place à l'été. Par une journée chaude, la mère de Bambi dit, «Suis-moi. Nous allons au pré.»

«Qu'est-ce qu'un pré?» demande Bambi.

«C'est un grand espace herbu où tu peux courir et jouer avec d'autres cerfs», répond sa mère.

«Pan-Pan m'a dit qu'il y avait d'autres cerfs dans la forêt, mais je n'en ai jamais vus», dit Bambi. Il a bien hâte d'en rencontrer!

À l'orée de la forêt, Bambi peut voir un grand espace où l'herbe ondoie. Il est sur le point de s'élancer lorsque sa mère l'arrête.

«Bambi, attends! Tu dois toujours t'assurer que l'endroit est sûr avant de t'y aventurer», lui explique-t-elle. «Le pré est un endroit vaste et découvert, alors il faut être très prudent.»

La mère de Bambi s'assure qu'aucun danger ne menace dans le pré. Puis elle dit à Bambi de sortir de sa cachette.

Comme Bambi et Pan-Pan
s'amusent au pré! Les deux
amis pourchassent une
grenouille jusqu'à un étang.
La grenouille coasse et
saute dans l'eau.

Bambi se penche pour boire un peu d'eau fraîche. Il voit alors un autre petit visage de faon réfléchi près du sien.

Qui est-ce? se demande-t-il.

Bambi court retrouver sa mère.

«C'est Faline», lui dit sa mère.

«Veux-tu jouer avec moi?» demande Faline à Bambi. Il fait signe que oui. Aussitôt les deux faons se mettent à courir dans le pré. Bambi et Faline deviennent très vite des amis.

Soudain, tout devient silencieux dans le pré. Bambi et Faline lèvent les yeux et aperçoivent un cerf puissant doté d'énormes bois qui avance lentement dans le pré. Le jeune prince regarde le grand mâle fixement.

Le mâle tourne la tête et regarde Bambi gentiment. Puis il poursuit sa route vers la forêt. Bambi et sa mère le regardent s'éloigner.

«Qui est-ce?» murmure Bambi à sa mère. «C'est ton père», répond la mère de Bambi, «le Grand Prince de la Forêt.»

L'été fait ensuite place à l'automne. Les jours
raccourcissent et bientôt les feuilles dorées
tombent des arbres. Le vent souffle sur le pré et
l'eau glaciale du ruisseau fait frissonner Bambi.
L'hiver approche à grands pas.

Un beau matin, Bambi se réveille et constate
que la forêt s'est tout habillée de blanc.

«Qu'est-ce que cette chose blanche?» demande-t-il.

«C'est de la neige», lui explique sa mère. «L'hiver
est arrivé.»

Bambi sort de sa
tanière. PLOC! Un
gros tas de neige
tombe sur sa tête!

«Viens!» l'appelle Pan-Pan. «Allons glisser sur l'eau rigide.»

Les deux amis courent à l'étang.

«*Yahou!*» s'écrie Pan-Pan en se laissant glisser sur l'étang.

Bambi essaie de le suivre. BOUM! Il tombe sur la glace glissante.

«Allez, relève-toi et concentre-toi bien pour garder l'équilibre», explique Pan-Pan.

Pan-Pan donne une poussée à son ami. Bambi traverse l'étang en glissant et atterrit devant la tanière de Fleur.

Bambi et Pan-Pan demandent à la petite mouffette de venir jouer avec eux.

«Non, merci. Je vous reverrai au printemps», dit Fleur en bâillant. Il passe toujours tout l'hiver à dormir!

La neige a recouvert les plantes au sol.
La nourriture se fait rare pour Bambi et
les autres cerfs. Le petit faon n'aime pas
tellement manger l'écorce des arbres, mais
il n'y a rien d'autre à se mettre sous la dent.

«Ce que l'hiver est long!» soupire Bambi.
Il a bien hâte de revoir la douce herbe verte.

«Il y a peut-être encore de l'herbe au pré»,
dit la mère de Bambi. «Allons voir.»

Bambi est en train
de brouter de l'herbe
tendre lorsque sa
mère relève la tête.
Elle a flairé un
danger.

Soudain sa mère crie,
«Cours, Bambi, cours!»

Alors qu'il s'élance vers la forêt, le
petit faon entend un bruit retentissant.
Il atteint le fourré sain et sauf, mais sa
mère ne le suit plus.
«Maman!» appelle-t-il.

À ce moment arrive le père de Bambi. «Ta maman ne pourra plus être avec toi désormais. Tu dois maintenant être courageux. Viens, mon fils», dit le Grand Prince. Alors Bambi le suit dans la forêt tapissée de neige.

Le temps passe et enfin, le soleil réchauffe la terre. Les fleurs s'épanouissent et les petits oiseaux reprennent leurs joyeux gazouillis.

«Aaaaah!» bâille le hibou. «On dirait que le printemps est de retour!»

Bambi et ses amis ont
grandi au cours de l'hiver.

«Je crois que vous allez bientôt
faire de belles rencontres»,
dit le hibou à tous les amis réunis.
«Pourquoi dites-vous cela?»
demandent-ils tous.
«C'est la saison des amours»,
répond le hibou.
«Vous verrez bien.»

Le hibou a raison. Fleur rencontre une belle jeune mouffette femelle...

...Pan-Pan flirte avec une jolie lapine...

...et lorsque Faline revoit Bambi, elle lui donne un gros baiser Ils sont tous amoureux!

Bambi et Faline aiment toujours aller au pré
ensemble, mais ils préfèrent maintenant se
promener tranquillement côte à côte plutôt
que de jouer à se pourchasser.

Un beau matin, Bambi se réveille en flairant une odeur étrange dans le vent. Il quitte Faline et grimpe au sommet d'une montagne, où il retrouve son père. Les deux cerfs voient un filet de fumée s'élever de la forêt. Au feu!

À son réveil, Faline part à la recherche
de Bambi. L'odeur de la fumée est de plus
en plus intense. Soudain, une meute de
chiens se met à la pourchasser.

Les chiens acculent
Faline. Elle ne peut fuir.
Bambi s'amène alors à
sa rescousse.

Bambi baisse la tête
et éloigne les chiens à
l'aide de ses bois pointus.
«Cours, Faline!» crie-t-il.
La jeune biche saute
vers l'autre escarpement,
hors de danger.

Bambi bondit à son tour pour suivre Faline.

Il atteint l'autre côté, mais le jeune prince est blessé.

Un épais nuage de fumée approche rapidement.

Bambi entend une voix familière.
«Lève-toi, Bambi! Le feu est tout près!»
C'est le Grand Prince de la Forêt.
Péniblement, Bambi
se relève.

Les deux cerfs courent à travers la forêt pour échapper au feu et atteignent la rivière. Bambi ferme les yeux et saute par-dessus la chute. Père et fils sont sains et saufs.

Tous les animaux de la forêt se sont réunis sur une île au milieu de la rivière. Faline court à la rencontre de Bambi.

Tous ensemble, ils regardent la forêt brûler. Mais le feu ne détruit pas toute la forêt.

Au printemps suivant, les arbres font des bourgeons et verdissent à nouveau.

Pan-pan-pan! Pan-Pan appelle les animaux de la forêt. «Venez voir!» crie-t-il.

Pan-Pan et Fleur, accompagnés de leurs enfants, s'empressent d'aller voir Faline. À ses côtés, clignant des yeux sous la lumière du soleil, sont blottis deux petits faons.

«Le Prince Bambi doit être très fier», dit le hibou. Encore une fois, le hibou a raison, car Bambi se tient fièrement sur un rocher, surveillant sa famille à titre de nouveau Grand Prince de la Forêt!